EL DIARIO DE JUDAS ISCARIOTE

CÓMO MANTENER A JESÚS A DISTANCIA

OWEN BATSTONE

EL DIARIO DE JUDAS ISCARIOTE

Cómo Mantener a Jesús a Distancia

Owen Batstone

Christian Publishing House

Cambridge, Ohio

Unless otherwise stated, Scripture quotations are from *The Holy Bible, Updated American Standard Version®*, copyright © 2017 by Christian Publishing House, Professional Christian Publishing of the Good News. All rights reserved.

THE DIARY OF JUDAS ISCARIOT: How to Keep Jesus at Arm's Length by *Owen Batstone*

ISBN-13: 9798710716793

Illustrations: Richard Thomas of BookbyBook.co.uk

Tabla de Contenido

Para los amados RB, JB y LB,

y mis héroes KB, KB, AC, AR, AR, SC y PB.

Preface

Si bien este libro se basa en personajes y eventos reales, el prólogo y el registro del diario son casi en su totalidad ficción. Mi intención al escribir un tratado sobre Judas Iscariote es doble. Primero, para ayudar a sacar al lector del miserable estado de no conocer a Jesucristo y llevarlo a la fe salvadora. En segundo lugar, para profundizar la apreciación del cristiano de la verdad detrás de las famosas palabras de John Bradford: "Allí, por la gracia de Dios, voy".

Owen Batstone, 2017

Prólogo

Entre 1946 y 1956 se descubrieron varios rollos que contenían textos bíblicos y otros escritos antiguos en cuevas a unos dos kilómetros del Mar Muerto, de donde ahora derivan su nombre. Su recuperación provocó un crecimiento significativo en los proyectos de excavación del Medio Oriente que desde entonces se han extendido más allá del área original de Qumran.

En junio de 1985, The British Antiquities Volunteers (BAV) emprendió uno de esos proyectos en un terreno rocoso donde los valles Kidron y Hinnom se encuentran cerca del lado este de la antigua Jerusalén. Ese año se recuperaron cientos de "pequeños hallazgos" (en su mayoría redundantes) en el desierto de Judea, pero ninguno de tanta importancia como un puñado de pergaminos recuperados de una cartera romana enterrada (presuntamente robada) en este sitio. Este códice estaba compuesto por delgadas hojas de madera, papiro enrollado y pergamino pegados como un acordeón moderno, y fue enviado rápidamente al Laboratorio de Pequeños Hallazgos, Ogmore Vale, Reino Unido, después de que un lugareño tradujera una de las gruesas y oscuras palabras de la portada como 'Iscariote'.

Desde su descubrimiento, los rollos han sido examinados por varios eruditos, todos expertos en sus respectivos campos. Las disputas sobre la fecha, la autenticidad y la traducción retrasaron la publicación, pero finalmente se resolvieron, y este año BAV tuvo el privilegio de presentar al mundo lo que se conoce como "El Diario de Judas Iscariote".

La cronología del Diario se desarrolla de acuerdo con las enseñanzas de "El Rabino" (sic) a las que se hace mucha referencia y con el aparente declive mental y espiritual del autor. Esta edición en particular también incluye un sistema de referencias bíblicas. No se pudo acordar la fecha exacta de los tres años cubiertos y, por lo tanto, se denominan temporadas, no años.

Finalmente, como es el deseo del Editor que esta publicación llegue a la mayor cantidad posible de personas de todas las edades, la mayoría, si no todas, las palabras bulgares hacia los Discípulos y su Maestro han sido eliminadas.

Bendiciones para todos,

Sayyid Samara

CEO, British Antiquities Volunteers.

Primera Temporada

I

He oído un par de cosas sobre cierto hombre. Suena perspicaz, inteligente, una especie de 'hacedor'. La gente dice que hay una vitalidad en él y en su religión que lo distingue de casi todos los demás en su campo. Sus seguidores son un grupo apasionado y han traído sus historias de tan lejos hasta aquí. Se componen principalmente de un pequeño grupo de hombres a los que llaman "los insatisfechos": una minoría de personas que, desde hace un tiempo, se han quejado de que sus rabinos no ofrecen nada más que "doctrina y ética". Quieren más de su religión, dicen. Quieren que sus corazones estén "comprometidos" y sus sentimientos "conmovidos". Yo, como la mayoría de mis compatriotas, encuentro esta charla bastante fanática, pero son estos entusiastas los que dicen que han encontrado algo especial en él. Me pregunto cuáles serían sus opiniones sobre temas más relevantes. Tal vez incluso me daría una plataforma para decir una palabra o dos sobre la mía. Y por eso me gustaría conocerlo (y él a mí, estoy seguro). Los últimos avistamientos lo tienen en el norte del país, por lo que saldré a buscarlo mañana. Como no he viajado antes, escribiré este pequeño diario en el camino.

II

¡Primer registro, primer error! Debería haber comenzado con algunos conceptos básicos en caso de que extravíe este diario y alguien necesite devolverlo.

Soy Judas de Keriot, Keriot-Judea, no Keriot, Moab (afortunadamente) este último tiene una historia demasiado activa para este lugar. El profeta Jeremías nunca tuvo muchos motivos para mencionarnos. Déjate caer veinte millas al sur de Jerusalén (donde creo que me dirijo) a un puñado de pequeñas aldeas agrícolas esparcidas por campos tan insulsos como los ocupantes, y ese es Keriot.

Mi nombre es la forma griega de Judá y significa *Jehová guía*. Eso es muy importante para un judío, fiel, algo ingenuo. Sólidos en sus doctrinas religiosas pero profundamente dormidos con el mundo moderno y sus ideas. En todo caso, *Jehová llevó* a mis padres a perderse a sí mismos y a perder todo su sentido de orgullo e independencia. Creo que es mejor encontrarse a uno mismo que perderse.

En cuanto a la educación, le pagaba a la gente para que se ocupara de mi trabajo escolar a fin de liberarme de asuntos más urgentes como perseguir dinero real, y descubrí que me pasaban, en su mayoría, entre rabinos que no permitían este tipo de pensamiento progresista. Estoy seguro de que el rabino que busco actualmente será algo diferente y me recompensará exactamente como merezco.

[Jeremías 48:24,41]

III

Ahora me dirijo al noreste. Acabo de cruzar el río Jordán. Los avistamientos locales y los informes sobre él están aumentando. Los adjetivos "hijo" y "bautizador" se utilizan a menudo. El 'Bautizador' surgió debido a un incidente reciente en el que alejó a un gran número de personas de otro bautizador llamado

Juan. Recuerdo a Juan, una vez visitó Keriot y trató de convertir a la gente a su religion, basada en la experiencia más bien invasiva. Si bien estaba de acuerdo con él en parte (que muchos de nuestros pretenciosos residentes eran culpables de lo que Juan llamaba "pecado"), me ofendió su desapasionamiento hacia personas como yo, cuyos errores en la vida no son causados por "corazones pecaminosos", sino por lo que podría llamar complejidades de carácter o ligeros giros de nuestra naturaleza. No hace falta decir que la mayoría de la gente encontró que su mensaje era tan impropio como su ropa, y dejó Keriot casi como llegó: en solitario (aunque estoy seguro de que no le importó, y puedo creer los informes recientes que he escuchado de que cuando sus oyentes lo dejaron para seguir a este segundo bautizador, a este 'hijo', ¡parecía casi feliz de verlos partir!)

Se le dio el término "hijo" porque afirma que tiene un padre amoroso que ha "entregado todas las cosas en sus manos". ¡Una herencia de "todas las cosas!" El potencial aquí para mí es interminable.

[Juan 3:22-36]

IV

Su nombre, he aprendido, es Jesús. Jesús significa salvador, y aunque eso provoca algunos pensamientos, seguiré llamándolo rabino por ahora. Aprendí su nombre de un residente de Sicar, fornido y de nariz bulbosa, que viajaba y le decía a cualquiera que pudiera encontrar que (casi) todos sus amigos habían llegado a "creer en Jesús" porque, permítanme mantener la calma, bebió agua en público con una mujer samaritana promiscua y la convenció de que él es el Mesías. Estoy muy animado por esta noticia; si se encuentra con una mujer así, será un honor para él conocer a un hombre como yo.

[Juan 4:1-42]

V

Diario - ¡Lo he encontrado! Estaba de pie entre una multitud bulliciosa cerca del mar de Galilea. Fue una experiencia breve pero inolvidable. Tan pronto como llegué, sus ojos estaban esperando encontrarse con los míos. Estaban muy abiertos y se detuvieron cautelosos, y las oraciones parecían brotar hacia mí desde su interior. Nos detuvimos un momento, mirando, compartiendo en un sentido de propósito mezclado con dolor.

VI

Desafortunadamente, los últimos días me han visto devorado por este grupo de seguidores bastante desquiciado. Pero hablaré sobre ellos más adelante. Por ahora, estoy concentrado en juntar los fragmentos de una historia de última hora. Nos han llegado noticias de que Juan el Bautista ha sido encarcelado por entrometerse en los asuntos (literalmente) de Herodes Antipas. ¿Valora más su ideología que su bienestar?

En el caso probable de que la evidencia de la locura delirante de la familia Herodes se vuelva tan vasta que empiece a olvidarlos, anotaré algunos de ellos. El padre de Antipas era tetrarca de Galilea y a veces se lo llama 'el

Grande'. Yo estaría de acuerdo con este título de 'el Grande' si precediera a términos como 'adúltero en serie', 'constructor de proyectos de vanidad palaciega', 'paranoico', 'celoso', 'asesino de esposas' y 'ejecutor de infanticidio'. Su hijo, Herodes Antipas recientemente robó a la esposa de su medio hermano, Herodías, que también resulta ser su sobrina. Los actos de barbarie de Herodías merecen una columna completa, pero concluiré señalando que su unión incestuosa sigue los muchos cargos de promiscuidad, belicismo y un comportamiento astuto como el de Antipas.

Y ahora entra Juan. El problema de Juan es que exige a sus oyentes no solo que comprendan las Escrituras, sino que también las practiquen plenamente. Así ha sido, exactamente, durante estos años, y le daré crédito aquí, Juan persevera en sus creencias hasta el final. Está comprometido con la idea de que su sistema religioso puede cambiar la naturaleza de una persona. En realidad, sin embargo, la lujuria insaciable de Herodes es un afecto tan profundamente injertado en él que solo podría ser reducido si un afecto mayor lo desplazara. En este caso, debido a que su deseo es por una persona, la única esperanza de Juan de convertirlo con éxito sería ofrecerle un Dios que también es una persona, y una persona más hermosa que la que ama en la actualidad. El Dios de Juan tiene que ser algo más que una mera deducción metódica de un texto antiguo, o los afectos de su oyente permanecerán tan muertos como él está a punto de estarlo.

[Mateo 14:3-5; Lucas 3:19-20; 13:32]

VII

Ahora estoy confundido, por decir lo menos. Quizás un registro escrito aclare lo que acaba de suceder. La verdad es, diario, que hay mucha gente en este país cuya existencia es bastante, digamos, insignificante. Los de bajo rendimiento sobrepoblan el área debido a la disponibilidad de oficios intensivos en mano de obra, como la pesca. Los pescadores son, en su mayor parte, grupos de hombres feos y bestiales que no han sido bendecidos con la humanidad plena que reside en los demás. Los años pasan y ven como sus ya limitados niveles de limpieza, habilidades sociales y moral se desploman en la inexistencia, antes de que la mala salud prematura o los accidentes, usualmente, acaben con sus vidas. Gracias Dios; no soy como los pescadores: esos hombres inútiles, esos hombres desesperados, ¡los peores! Pero aquí está el problema. El rabino acaba de seleccionar a cuatro pescadores para que se unan a su círculo íntimo (?!)

Quizás su tendencia a acercarse y ser abordado, literalmente, por cualquiera sea una consecuencia inevitable de haber nacido en un establo público abierto. Dos de ellos eran corpulentos y de aspecto primitivo (evidentemente, no juzga a las personas por su apariencia), quizás sean hermanos, posiblemente llamados Simon y Andrés. Los otros dos no los pude ver del todo porque estaban encorvados sobre las redes rotas junto con sus manos sucias y carnosas. Si su olor no era una prueba de su profesión, entonces su decisión tonta de dejarlo todo y seguirlo de inmediato, lo era.

Este tipo de compromiso me inquieta, aunque no me sorprendió ver a los pescadores hacerlo (los que no tienen nada no pierden nada). Pero para personas como yo, no es prudente seguir nada ni a nadie por *completo*. Antes de irme de casa, me aseguré de que se me abrieran otras opciones profesionales si este experimento no llegaba a nada. Mientras tanto, ellos tienen un papel destacado y yo estoy perdido entre la multitud.

Hablando de esta multitud, empieza a irritarme. Algunas de las mujeres tienen una inclinación incurable a hablarme sin hacer una pausa para respirar, y esto solo empeora cuando están demasiado cansadas. Está el tipo nervioso que es incapaz de terminar una oración sin intentar ser gracioso. Otro emite un extraño "snuff" nasal entre cada palabra, está el grupo de chicas que se ríen histéricamente de eventos totalmente sin gracia, y dejaré a la Sra.

'Comelotodo' para otro momento. Espero sinceramente que el rabino no quiera involucrarse mucho con grupos, comunidades o reuniones de personas tan defectuosas como estas.

Ahora no estoy diciendo que no tenga defectos, pero siempre he hecho mi mejor esfuerzo, he sido honrado y franco. He pagado mi propio camino a través de la vida con el dinero que yo... Entonces, no veo por qué debería agruparme con personas como estas. Todo lo que pido es lo que es mío por derecho: separación.

[Mateo 4:18-22; Marcos 1:16-20; Lucas 5:1-11]

VIII

El antes mencionado Simón parece ser muy popular entre el rabino, y hoy fui testigo de algunas cosas extrañas en su casa (que huele a pescado). La madre de su esposa (si él consiguió una esposa, hay esperanza para todos) pasó de estar gravemente enferma a estar totalmente bien y prepararnos la cena (más pescado) con solo tocar, el rabino, su mano. Algunos de nuestro grupo dicen que hazañas como esta ni siquiera son su cualidad más impresionante, y que su carácter es aún más maravilloso que sus milagros. Es un sentimiento agradable hasta que veo que basan su nivel de compromiso con él de acuerdo con quién es él en lugar de lo que puede hacer por ellos. Para ellos, no hay nada en él que pueda mejorarse incluso con la imaginación. En este punto todo se vuelve, para mí, bastante ridículo.

[Mateo 8:14-15]

Segunda Temporada

IX

El rabino ha redimido ligeramente sus errores de selección anterior con su última elección de un seguidor, un publicano, Levi-Mateo. De todos los funcionarios romanos en Palestina, ninguno es aborrecido como los publicanos que, en su aplicación de los impuestos forzados por una potencia extranjera, existen como recordatorios vivientes de la independencia judía perdida. De hecho, creo que la devoción de Mateo por ganar dinero a expensas de los amigos, la popularidad y la conciencia, es digna de respeto. Sin embargo, la pregunta de por qué fue elegido me deja perplejo. El proceso de selección es tan predecible como la dirección del viento.

[Mateo 9:9; Marcos 2:13-14; Lucas 5:27-28]

X

Nota para mí mismo, no prestes atención a las historias contadas por el fornido de nariz bulbosa de Siquem. Se equivoca en los detalles clave. Durante la cena en la casa de Mateo, el rabino no habría dicho "He venido por los pecadores, no por los justos", sino "He venido por los pecadores y los justos". Esa es la única posibilidad, o de lo contrario su misión es una que lo deja a él y a su padre en la compañía de unos desgraciados absolutos. Esto sería contraproducente y suena como algo que enseñarían mis padres. No habría nada en ese "reino" para mí.

Además, tengo una prueba inequívoca de que él elige a personas rectas para su equipo. Ay, diario, hoy fui elegido (no te dejes engañar, me ofrecí como voluntario) y ordenado con otros once (creo que sintió que tenía que *tener* más que solo yo) para sanar, expulsar demonios y predicar en su nombre! Estoy positivamente animado conmigo mismo. Sin mencionar que realmente ha cambiado lo que siento por él y los demás; me inclino a volver a asistir a sus reuniones, a las que comenzaba a faltar, porque casi nunca se centraban en mí.

Además, su último acto de recompensa por mi fidelidad a él fue nombrarme tesorero del grupo, aunque esto pareció causarle una profunda preocupación como si entregarme el trabajo fuera a matarlo.

[Marcos 3:13-19; Lucas 6:12-16]

XI

Acaba de terminar su "mensaje" en la ladera de la montaña. No ha habido una multitud más grande hasta la fecha, una oportunidad de obtener ganancias reales. Noté los diferentes acentos de Galilea, Perea, Judea y Fenicia. Así que me quedé bastante perplejo cuando comenzó a enseñarles en lugar de asistirlos. ¿No sabe que solo un remanente de personas responde positivamente a la predicación? Y especialmente este tipo de predicación, donde el orador ha pensado más en el contenido que en el método de entrega.

En cuanto al mensaje en sí, aunque confieso haber escuchado solo la mitad (estaba calculando cuánto dinero habríamos ganado si hubiéramos cobrado una pequeña tarifa de entrada), lo que escuché fue un poco negativo. "Bienaventurados los que lloran" está muy bien si eres del tipo de Simón, un idiota torpe cuyos pecados son tan flagrantes como su cintura caída, pero no si eres un Judas. Tengo pocas razones espirituales, físicas o económicas para lamentarme. El padre del Rabino debería dedicar menos tiempo a inclinarse para bendecir a los dolientes y más tiempo a dar crédito a aquellos que son lo suficientemente valientes para manejar sus problemas por sí mismos.

En cuanto a "cuando reces, no debes ser como los hipócritas ... que rezan para ser vistos por otros", de todas las prácticas que me enseñaron durante mi crianza, la oración fue la menos beneficiosa de todas. Dios invariablemente negó haberme dado lo que sentía que realmente necesitaba, así que me detuve. El rabino atraería multitudes más grandes si reemplazara estos temas arcaicos por otros más productivos como la alimentación saludable y la construcción de la autoestima.

[Mateo 5:1-8:1]

XII

Hemos comenzado una segunda gira de predicación por Galilea, que me gusta. Para mí, los viajes misioneros más populares son los que me llevan lejos de casa. No me gusta estar con las mismas personas durante demasiado tiempo porque los principios del judaísmo son más difíciles de defender con la gente que ves todos los días. Los extranjeros en Galilea están impresionados con mi diezmo y mi enseñanza, pero mis vecinos en casa esperan que haga el trabajo más difícil: la misericordia, la paciencia y el perdón.

XIII

Una benefactora de la segunda gira es una mujer llamada María Magdalena. El día que nos conocimos no será olvidado. Los lugareños estaban preocupados por ella y nos instaron a visitarla. Su casa estaba apartada de las demás y sombreada por matorrales cubiertos de maleza.

Su jardín estaba descuidado, y nuestros pies crujían sobre los arbustos y la basura esparcida por el camino desordenado. La puerta estaba entreabierta y la encontramos tendida sobre la cama con una flexibilidad inusual. Pero no fue hasta que entró el Rabino que se sobresaltó de su letargo y se moldeó hacia atrás como el arco de un arquero. Su rostro se nubló, enfureció y se tensó como una serpiente. Ella se encogió en las sombras, ladrando con una voz áspera "vete Príncipe de Paz". Había una marca de familiaridad en su diálogo como si estuvieran llevando a cabo una discusión de hace mucho tiempo.

Diario, si lo que dice el Rabino es cierto, que los espíritus malignos la han invadido, y hay un reino desterrado donde estos fantasmas diabólicos coexisten con la gente, entonces no hay horror para igualarlo. El día que encontramos a María, la irreverencia, que estaba superando a algunos de los predicadores con nosotros, se detuvo inmediatamente. En cambio, ellos comenzaron a confesar sus pecados a Dios como para asegurarse doblemente de estar a salvo de criaturas como estas. Sin embargo, retrasé el impulso de orar y desde entonces he encontrado que la tarea de escribir y hablar con otros sobre mi estrés es igualmente catártica. De hecho, he advertido a los demás que no recen demasiado, ya que puede ser un indicio de debilidad y dependencia y esta no es la práctica de hombres reales.

[Lucas 8:1-3]

XIV

Él tiene una sonrisa llamativa y una risa cautivadora, pero no se le recordará como un cómico. Lo definiría más como alguien propenso y familiarizado con el dolor. Comparte las cargas, la tristeza y los pecados de su pueblo como si fueran suyos. Su preocupación por ellos, a diferencia de muchos otros líderes religiosos que he observado, no tiene rastro de falta de sinceridad. Su paz tiene un precio no pequeño porque él se entrega sin reservas a cada uno de ellos. Y todo esto me preocupa. Si su padre no está dispuesto a aliviar a su propio hijo de los problemas, ¿qué podría permitirme? De acuerdo, él también tiene una alegría como nunca antes había visto, pero ¿quién quiere estar en lo alto si eso significa que primero debemos estar tan bajo?

[Mateo 9:35]

XV

Es lo que empezaba a temer. De hecho, no tiene un padre económicamente rico ni ninguna herencia monetaria futura en la tierra. ¡Ni dinero ni estatus en este mundo! Que desperdicio. Peor aún, lo que tiene lo promete solo a su "familia real", que son aquellos que "hacen la voluntad de su padre en el cielo". Siento que tengo todo el derecho a renunciar a él.

[Mateo 12:46-50]

XVI

¿Qué clase de hombre es éste que hasta el viento y el mar le obedecen? ¡Calmó una tormenta! El grupo está lleno de teorías y debates. Algunos lo llaman brujería, otros lo llaman charlatán. Algunos dicen que su poder es puro y saludable, y opinan que sus maravillas no son tanto violaciones de la naturaleza sino una restauración temporal de ella, y que no debería sorprendernos lo que puede hacer. Argumentan que el mundo nunca fue creado originalmente con tormentas, inundaciones o incluso enfermedades, decadencia o muerte y que él es el Mesías que algún día erradicará todas esas intrusiones corruptas. Meditaré en eso más tarde una vez que haya contado los ingresos de hoy.

[Marcos 4:35-41]

XVII

Me he despertado con una línea de pensamiento completamente nueva. Él enseña (¡con demasiada frecuencia!) que el pecado es un problema real y que solo él tiene el poder de perdonar a la gente. Pero, ¿y si es posible que el tiempo también pueda perdonar a las personas? Lo que estoy a punto de postular significaría el colapso de todo el sistema legal, pero siento que es diferente cuando el juez ofendido es Dios, no un humano. Tomemos, por ejemplo, la atrocidad cometida contra mí hace más de una década por mi amada que me dejó por otro hombre. Estoy seguro de que ahora no siente remordimientos por eso, y yo tampoco pienso casi nunca en lo que hizo. Lo que hizo - terminar conmigo y continuar con él el mismo día, probablemente habiendo comenzado con él meses antes, y nunca respondiendo a mis diecisiete cartas, ni al mensaje de "ámame" que escribí con pétalos de rosa fuera de su puerta. No, ahora está completamente perdonado y olvidado, y si esto se puede decir de mí, se puede decir del caso del Rabino y su padre contra los "pecadores", y se puede dejar de hablar de juicio, confesión y arrepentimiento.

XVIII

Hemos comenzado una tercera gira por Galilea y me he reunido con los otros discípulos después de un breve período de separación. Cada vez es más evidente lo diferente que soy de ellos. Pasé el descanso con gente que se parece mucho más a mí; buena gente, culta, que no se toma demasiado en serio al Rabino. Por el contrario, el grupo actual se está convirtiendo cada día más en clones de su maestro, disfrutando más de lo que disfruta y disgustando lo que no le gusta. Incluso Levi ya no se ríe de mi sentido del humor. Con una broma en el momento adecuado y una inyección precisa de sarcasmo, solíamos ser capaces de ignorar los sermones más penetrantes del Rabino y permanecer exactamente como antes.

Su enamoramiento rabínico me hace sentir culpable de que no me guste tanto como a ellos. ¡¿Cómo se atreven a hacerme sentir incómodo ?! Por esta razón, estoy justificado en lo que voy a escribir a continuación. Les molesto y estoy pensando en causar disensión entre ellos para herir sus sentimientos. Incluso he pensado en la mejor forma de lograrlo. Utilizaría un método amenazante y eficaz que suele utilizar la gente religiosa: la sutileza. No dispararía un golpe en la cara cuando puedo asesinar a uno de ellos con mil rumores sutiles. No los insultaría abiertamente cuando un cumplido con un tono tóxico sutil podría mantenerlos despiertos toda la noche preocupados. Pronto se comportarían como perros irritables y cansados. O tal vez no haré nada, y elegiré preservar la paz y encontrarme con ellos a mitad de camino, resolviendo amar al mundo un poco menos (y sacármelos de encima) pero negándome a amar un poco más a su Señor.

[Mateo 9:35; Marcos 6:6-7]

XIX

¡Juan el Bautista ha muerto! Y con él muere toda noción de que aquellos que buscan practicar las Escrituras tan plenamente como él, pueden seguir siendo amigos del mundo. Las palabras del Rabino suenan verdaderas; "Serás odiado por todos los hombre por causa de mi nombre" y, sin embargo, continúa ofreciendo satisfacción por resta, no por suma.

Silenciosamente le estoy cerrando mi corazón. He descubierto que los siguientes medios son formas efectivas de lograr esto: 1. Alcohol (sí, lo sé). 2. Trabajo. Trabajaré hasta bien entrada la noche y me quedaré dormido al instante. Esto no deja tiempo para una reflexión silenciosa: el territorio donde sus palabras me persiguen más.

[Mateo 14:1-12; Juan 6:35]

XX

Sus parábolas suelen ser como acertijos para mí, pero creo que entendí este. El reino de los cielos se puede comparar con un hombre que siembra semillas buenas, pero durante la noche un enemigo siembra cizaña entre ellas, y el dueño debe permitir que ambos crezcan juntos antes de poder eliminar las malas. La aplicación es muy clara. Debo dedicar más tiempo a desarraigar a los hipócritas de entre nosotros. Usaré la reunión de oración grupal para analizar todas sus faltas.

[Mateo 13:24-30]

XXI

Él continúa cortando más profundo que cualquier espada romana. Aparentemente, ahora todas las Escrituras "testifican" de él. ¡Esto es ridículo! Él está diciendo, por inversión, que el estudio de las Escrituras no cuenta para nada a menos que nos lleve al conocimiento y adoración de él. ¡Disparates! Esto es lo que me enseñaron y nada más: "Lee tus escrituras todos los días y crecerás" ... ¡pero se trata de ser una mejor persona, no de una *relación* con una mejor persona! Es simplemente el hábito de la rutina de la lectura diaria lo que produce carácter. No es de extrañar que sean los religiosos, no los paganos los que se opongan seriamente a él!

XXII

Algunos tontos intentaron coronarlo hoy como una especie de rey político, pero no es un político y lo ha dejado muy claro. Venimos a él en busca de "ríos de agua viva", "alimento que dura para siempre" y creemos en él para "vida eterna". La ley del reino de su padre debe escribirse en los corazones, no en manifiestos y, como siempre, con él y su Palabra, el problema no es la ambivalencia, sino el descaro!

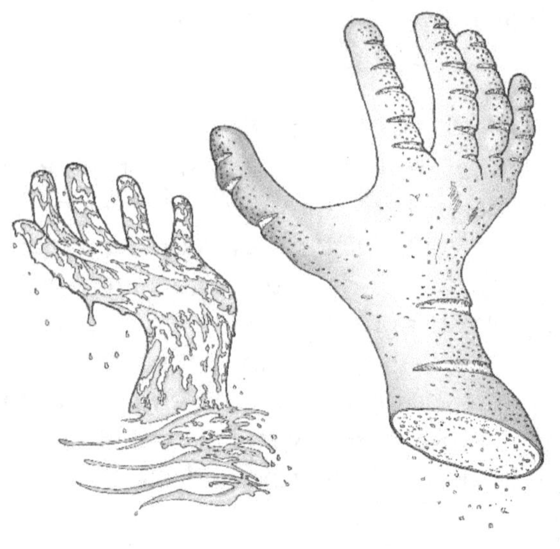

XXIII

Los amigos son como artistas que pueden moldear el carácter de los demás. Debo revelar que he sido un poco de naturaleza oscura con mi compañero discípulo, Tomas, y he logrado convertirlo en alguien bastante diferente de cuando nos conocimos. Solía encontrar su tipo de fe particularmente molesto. No es que le faltara el pensamiento crítico, no es así. Es uno de los más brillantes del grupo. Fue su voluntad controlar su pensamiento crítico siempre que entraba en conflicto con las enseñanzas del Rabino. No hizo preguntas sobre órdenes; simplemente creía que eran buenas y obedecía. Era infantil y poco varonil, cegado por una adoración que iluminaba su rostro. Se asombraba cuando estaba a su alrededor como si su amistad fuera un poco más de lo que podía soñar.

Entonces, intenté cambiar su fe y hacerlo más tolerable. Le enseñé a amar sólo lo que podía comprender plenamente. Esto cambió su mirada del Rabino a cosas sobre el Rabino. Por ejemplo, si ve un milagro, debe pensar menos en quien lo realizó y más en el *mecanismo* detrás de cómo se logró. Si cantó alabanzas, debe analizar si realmente lo decía profundamente y luego cómo sabe que lo sabe, ad infinitum. Eventualmente, él pasaba días sin hablar con el Rabino, pero pasaba todo el tiempo discutiendo con la gente sobre él. Pronto será un escéptico, que toma mucho de su mano y nada de su boca.

XXIV

Si alguien alguna vez compila una lista de los nombres de los discípulos, el mío estará al final. Soy el único sureño entre los galileos que han oído hablar, y siento su resentimiento. Veo a través de su amabilidad hacia mí. Además, Pedro debería estar al final de todas las listas, el imbécil. ¡¡Caminar sobre el agua! salpicando como un behemot hundiendose. "Señor, sálvame", gritó. Patético. No habrá ningún registro de Judas diciendo eso porque nunca sentiré la necesidad de hacerlo.

Mira, diario, admito que no soy tan religioso como los demás y hay, a veces, carencias en mi vida moral pero en lo que respecta a mi carácter en general solo hay razón para sentirse inspirado. Si titubeo, es porque los Pedros del mundo me hacen titubear.

[Mateo 14:22-36; Marcos 6:45-56; Juan 6:15-24]

XXV

Para nosotros era un asunto de interés ver qué haría cuando se le exigieran los impuestos del templo en Capernaum. No tiene nada en cuanto a posesiones terrenales, ¡así que enviaron a Simón dando vueltas y resoplando al mar para recuperar el dinero de la boca de un pez! Suena extraño, pero en realidad no me sorprendió demasiado. He notado que el Rabino tiene un dominio peculiar sobre el reino bestial. Los animales se comportan de manera un poco diferente a su alrededor, a veces deteniéndose en seco con los ojos muy abiertos e inclinando la cabeza en señal de deferencia. Es como si la naturaleza misma se sintiera ofendida por cualquiera que no rinda homenaje a este hombre. Su currículum se hace cada vez más rico. ¡Todos saludan al Rey de los animales, los perros gentiles y los pescadores! Afortunadamente, no pedirme dinero fue una prueba de que no estaba al tanto de mi acumulación secreta.

[Mateo 17:24-27 c.f. 15:21-28]

XXVI

¿Quién será el más grande en su reino? Llama a un niño (y a un pobre abandonado) como respuesta. Por desgracia, nosotros, los hombres adultos, debemos volvernos así. Y no por ser lindo, sino por ser los felices receptores de lo que él piensa que no podemos proveer para nosotros mismos. Es decir, todo, así piensa.

[Mateo 18:1-4]

XXVII

Corrección de un registro anterior: no serán solo las personas religiosas las que tengan un problema con él, será el mundo entero porque, y cito, él "testifica que las obras del mundo son malas". Pise con cuidado, Rabino, o habrá un llamado mundial por su cabeza. O, me pregunto, ¿aprenderá el mundo a suicidarse sin prestarte atención? Después de todo, hay una generación de jóvenes para quienes el mal, el pecado y el juicio son conceptos puramente ridículos. Su ruido es su herramienta más eficaz; gritan con tal volumen que incluso la persona más gorda podría creer que es delgada, incluso si no hubiera ni una pizca de evidencia que lo probara. Por lo tanto, de una manera muy irreal, eventualmente dejarás de existir!

[Juan 7:7]

XXVIII

Atrapó a una mujer en el acto de adulterio y no la condenó. Solo tengo una pregunta. ¿Por qué la mira con amor pero a mí con preocupación?

XXIX

Me he separado de los demás por un tiempo y he estado probando otros lugares de culto que podrían adaptarse mejor a lo que quiero en una religión. Ha sido un tiempo mayoritariamente no rentable.

El primer lugar que visité me hizo sentir bienvenido y apreciado. Ellos (bastante sospechosa y desesperadamente) me prodigaron con comidas, elogios, oportunidades para hablar, transporte e incluso un papel de liderazgo. Su agenda estaba admirablemente llena de eventos para recaudar fondos, clubes de competencias y viajes a la playa, lo que significaba que quedaba poco tiempo para la oración y la enseñanza, lo que me gustó. Pero cuando llegó una nueva familia me volví trillado, con lo que estaba bien porque en ese mismo momento comencé a notar algunos problemas serios con el lugar (las cortinas espantosas, músicos incompetentes, mujeres chismosas, etc.) y no podía quedarse un momento más.

El segundo lugar me atrajo porque estaban mis amigos. Pero cuando se fueron, no tenía motivos para quedarme.

El tercero tenía predicadores que mecían suavemente a la gente en un estado de sedación con su repetición sistemática de cosas que todos ya sabían que no les afectaban en absoluto. El mérito del Rabino es que nunca hay momentos tan aburridos cuando él está involucrado.

En cuanto al lugar final, a pesar de todas sus afirmaciones de ser respetuosos de la ley y de no haberse entregado a las diversas formas de "entretenimiento romano corrupto", su crueldad hizo que la carnicería del Coliseo pareciera un juego de niños. Los líderes hicieron que el punto culminante de cada sermón fuera atacar las fallas de otros lugares de culto. Su militancia fue impresionante al principio y generó una buena dosis de autoestima, pero inevitablemente implosionaron y se separaron el uno del otro; cada grupo creía que su adversidad era una señal de que Dios estaba con ellos. El estado de ánimo era peligrosamente contagioso y no valía la pena infectarse.

En resumen, la búsqueda del lugar perfecto continúa.

[Juan 10:10]

XXX

Marta estaría muy nerviosa en su mejor día, por lo que estaba casi histérica cuando el Rabino la visitó. Sentarse a los pies de un rabino para aprender es un privilegio que casi nunca se concede a las mujeres. Por lo tanto, él sigue siendo un enigma irresoluble de la estrechez primitiva de mentes y revolucionario liberal. No pone límites entre él y nadie, independientemente de su origen o género. Y así, durante la visita, intentó enseñar a las mujeres, al principio con poco efecto. Supongo que la tendencia de Marta a la distracción había sido un problema persistente. Quizás fueron cosas legítimas las que primero la distrajeron de sus disciplinas espirituales; atendiendo a sus seres queridos necesitados o trabajando duro para ganarse la vida. Pero nunca pasa mucho tiempo hasta que las actividades menos legítimas se amontonan y pronto el tiempo que, una vez se dedicó a las Escrituras, ahora se ocupa en trabajos sin importancia en una oleada de falsa urgencia. Cuando llegamos, fue simplemente la cuestión de preparar un bocadillo lo que la alejó de su presencia. Y así, el tono con el que la llamó exigía algo más que su presencia física, y ella cambió de inmediato. Se detuvo, se acercó y se tranquilizó como si se sintiera aliviada al escuchar la voz de un querido amigo del que no había tenido noticias durante un tiempo. Al final de nuestra reunión, ambas hermanas parecían haber pasado una hora en el cielo. Siguieron pensando en formas de mantenerlo con ellas un poco más. Ahora, a riesgo de repetirme, si el cielo va a estar tan centrado en el Rabino, entonces no hay absolutamente nada para mí.

[Lucas 10:38-42]

Tercera Temporada

XXXI

Cuánto tiempo ha pasado, diario desde que escribí en ti o me dediqué a alguna actividad productiva. Me estoy volviendo cada vez más arrogante, grave y triste. Estoy alejado de mis amigos que me dicen que es difícil tolerar mis "puntos de vista caprichosos" y "temperamento volátil". Tengo estos momentos en los que me siento indescriptiblemente triste, y el Rabino lo sabe, me ha entendido desde el principio. A menudo se considera que los ladrones, adúlteros o asesinos tendrían las conciencias más furiosas, pero a veces se han convencido de que son víctimas del destino y por eso se han adornado con un abrigo de orgullo. No, hay una enfermedad sin igual en la sensación de exposición que trae el Rabino. Por dentro me derrito como la vela que ilumina esta página. Me ha dicho el camino de la paz, pero todavía no lo tomaré. Todavía tengo mucho que hacer por mí mismo antes de comenzar a seguirlo. Siempre tengo la esperanza de un futuro arrepentimiento.

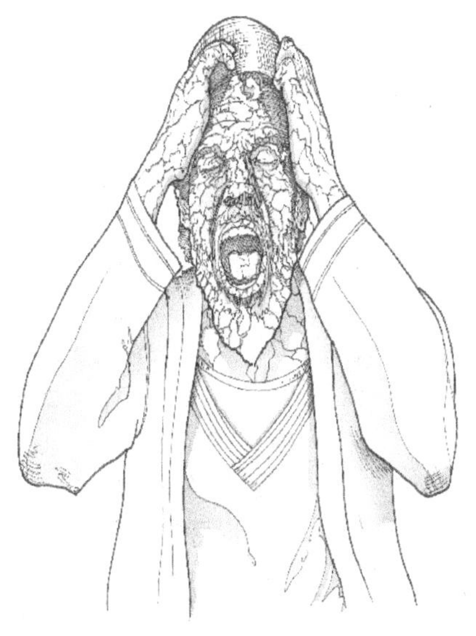

XXXII

La estupidez de los discípulos es asombrosa. De todas las hazañas extraordinarias que han visto, solo piden que se les enseñe "cómo orar". El valor que le dan a la oración lo inculca el Rabino que, antes de tomar cualquier decisión importante, se pasa la noche entera orando. Estoy demasiado comprometido escribiendo sobre Dios para ponerme a hablar con él.

[Lucas 11:1-13]

XXXIII

Un buen tesorero le dirá que solo se debe pagar un rescate cuando el tesoro comprado sea más valioso que el tesoro gastado. Pero cuando considera a quién cree que es igual a (Jehová), y por quién cree que es un rescate (gente de gran pecado), entonces probablemente sea la primera vez en la historia que el tesoro gastado vale más que el tesoro ganado! En cuanto a nuestro tesoro, debemos "vender lo que tenemos y dárselo a los pobres". Y esto no se debe a que quiera nuestro dinero, su afecto no se puede comprar. Es así que nos agotamos de cualquier cosa en la forma de ser comprado completamente por él mismo. Debo detenerme en este punto. Es tarde, la página está oscura y la vela se ha endurecido y ha expirado.

[Mateo 19:16-28]

XXXIV

Ocupado, ocupado, debo mantenerme ocupado o sus palabras circulan en mi mente y golpean mi corazón. Debo acelerar hasta que su voz se calme.

XXXV

Hemos llegado a Betania. Las multitudes están presionando para ver a Lázaro. Las historias son verdaderas; él ha resucitado. Hemos cenado en la casa del leproso curado. Me he bañado tres veces desde que me fui, pero sigo convencido de que algo de su enfermedad quedó en mí.

Estaba bebiendo de una taza de agua en el aparador cuando rompió el aceite y lo lavó. La potente columna protegía mi rostro de la mirada de todos menos la de él. Creé razones para migrar de una habitación a otra, pero el olor a naranjas y especias me enfureció y me trajo de regreso. Mis dedos se deslizaron por mis mejillas y mi boca. Si tan solo hubiera vendido ese aceite. Mientras ella lo declaraba Señor y Sacerdote, yo lo declaraba mi enemigo. Los miré a todos desde la esquina en sombras a través de focos de luz que se dispararon sobre sus rostros sonrientes. Yo no soy como ellos. Me avergüenzo de su amor y su devoción por un reino que está por venir. Detesto verlo en ellos y que sus palabras y acciones se mezclen armoniosamente con las suyas.

Entré a hurtadillas a Jerusalén por la noche y me reuní con un grupo que teme que el Rabino haga que Roma revoque la libertad israelí. Al menos eso es lo que nos dijimos. Acordamos que debe morir para que una nación pueda vivir. Les ofrecí un camino; lo sellaré con un beso. Mis palabras serán como mantequilla mientras mi corazón estará en guerra. Nos reímos de la ironía: si su padre es realmente Jehová y soberano, entonces ¿por qué permitir que un batallón de tropas auxiliares romanas sea guarnecida en la cercana fortaleza Antonia en el momento exacto en que las necesitamos?

Mi precio son treinta piezas de plata. No es mucho, y hubieran aceptado cualquier cantidad, tal es su nivel de miedo, pero es lo que vale. No se trata de dinero. El dinero es una mera mota en un panorama más amplio que rechazo por completo, un panorama que resumió así; "En esto conocerán los hombres que son mis discípulos, que se amen los unos a los otros" y "me amen como a ustedes mismos". He pensado en esta declaración durante demasiado tiempo, así que aquí está: Jesús, te odio.

XXXVI

Me muevo de un lado a otro por las calles estrechas y hago una pausa para anotar. La gente ha acolchado las carreteras con ramas y hojas. Cuando pasa, saludan "hosanna" y "bendito sea", como una coronación terrenal de un rey nacido en un establo para los plebeyos.

[Mateo 21:1-11; Marcos 11:1-11; Lucas 19:29-44; Juan 12:12-19]

XXXVII

Estamos en movimiento. Calculo que será la última comida que comeremos juntos. Había una curiosa oscuridad en el lugar, pero no en términos de ausencia de luz. Su forma era como un poder o fuerza que me rodeaba donde estaba sentado. Era sucia y pesada, y no podía asentarse en ningún lugar donde se sentaba el Rabino. Yo era su objetivo mientras sus garras humeantes trepaban como una capucha sobre mi mente. Hacia el final de la noche, hizo que mi estómago se sacudiera y cayera como si me liberaran de los confines de una red de seguridad, o una cuerda protectora para caer más en su cierre.

El cántaro estaba allí junto con el lebrillo y el lienzo, pero no teníamos sirviente que nos lavara. Esto desencadenó una discusión sobre quién de nosotros era el mejor y quién debería o no hacerlo. Pero el Rabino se puso el delantal de esclavo y comenzó de todos modos. Curiosamente, no había ninguna duda en la sala de quién era el más grande. Pero no me inclinaré ante un rey *siervo*!

Él sabía lo que había hecho, lo que se avecinaba y lo planteó. Me entregó un bocado de pan y la salsa de vino especiado. Era una pieza grande y de buen sabor, un signo de cariño y amor, y esto me descompuso. No me trata de manera diferente a cualquier otro discípulo. O es muy ingenuo o notablemente indulgente. Nuestros dedos tocaron ligeramente el cuenco; compartimos en un momento similar al de cuando nos conocimos. Estaba leyendo mis pensamientos y le rompía el corazón. En tres años, no he visto ningún delito del que sea culpable, pero sin embargo lo detesto y él lo sabe. He llegado a olvidar las diversas situaciones que me llevaron a odiarlo; los dos solo nos quedamos observando los resultados. Quizás esto le pese más que todos sus deseos de mi arrepentimiento, su paciencia y sus peticiones han sido absolutamente resistidas. "Hazlo rápido", dijo. No lo suficientemente rápido, pensé. Ya era de noche.

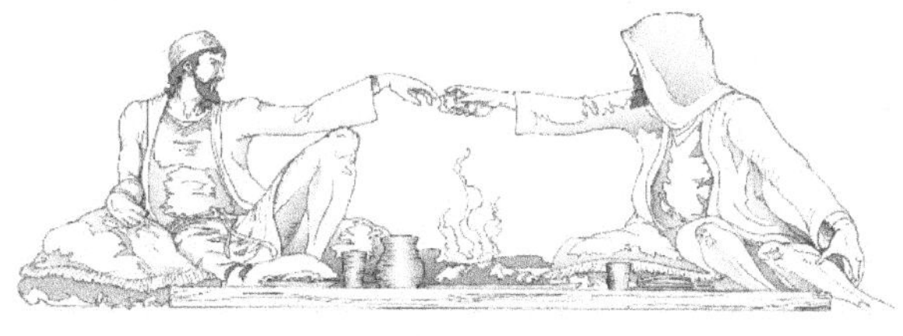

[Mateo 26:17-30; Marcos 14:12-15; Lucas 22:7-23; Juan 13:1-30]

XXXVIII

Ha cruzado el barranco en el lado este de Jerusalén y ha bajado la suave orilla entre el Monte del Templo y el Monte de los Olivos. Ha cruzado el arroyo Kidron hacia su jardín favorito.

XXXIX

Estoy tratando de estabilizar mi mano, fue asombroso, pero no estoy seguro de lo que pasó. Me tiraron al suelo volando. ¡Diario, este hombre no es un mártir patético digno de compasión! Se levantó para recibirnos como un Señor de los Ejércitos, que había estado esperando este momento desde tiempos pasados. "Yo soy", afirma, sus palabras golpeándonos con una fuerza abrasadora. En un relámpago, vimos nuestro pecado, y caímos, y muchos del batallón huyeron como insectos expuestos por una luz deslumbrante. Se dice que la conciencia nos vuelve cobardes a todos. Pero algunos de nosotros permanecemos decididos a destruir.

Esperaba que no dijera nada; rara vez lo hace cuando ha sido herido. He visto a sacerdotes, escribas, turbas, políticos y soldados asaltarlo y él ha permanecido en silencio. Pero mi beso, esta noche, le causó tanto dolor que reaccionó. "Simplemente haz lo que viniste a hacer", y en eso lo llevaron, tronando colina abajo hacia el Pretorio dentro de la ciudad.

[Mateo 26:47-56]

XL

Yo.....

XLI

Jerusalén está alborotada de gente comentando. El rabino, mi rabino, el Cristo, está condenado a muerte. "Amigo, ¿por qué has venido?" ... "Amigo" - esto se repite en mí y me mutila. Esta culpa me encierra con más fuerza que los barrotes de cualquier jaula. Se desliza por mis pensamientos y enturbia cada recuerdo. Recuerdo los rostros de todos los que alguna vez alegró. Los miles que alimentó, los padres de los niños sanados, los pecadores. Ellos me condenan. Mi estómago sigue apretándose. Mis piernas se sienten pesadas. El aire a mi alrededor es atroz y lleva el débil sonido de vítores diabólicos. La embriagadora emoción del mundo ha pasado y revela este hecho desnudo: he pecado.

¡No! *Me he defraudado* y debo apaciguarme.

Devolveré la plata al Sanedrín de inmediato, eso será suficiente, y le pediré perdón a Jesús en otra   ocasión.

[Mateo 27:3-5]

XLII

He huido al valle de Hinom. Estoy aquí, apoyado contra un árbol con una soga alrededor de mi cuello. Las rocas irregulares del Campo del Alfarero se elevan sobre mí como jueces dictando una sentencia. La plata se ha ido. Se había vuelto como fruta podrida en mi bolsillo, lo que atestigua el precio por el que *me vendí.*

Sin embargo, a medida que los acontecimientos de la noche se han asentado, pienso con más claridad. ¿Qué pasa con las personas que podrían fruncir el ceño por lo que he hecho? ¿Soy mucho peor que ellos? Actué por mi cuenta, pero no actué como tal. Yo era todo el mundo. Todo el que patea contra el Rabino. Todo el que haya coronado a otro señor. Todos compartimos esto; Está más en nuestra naturaleza matar al Cristo que servirle.

Y así, me siento menos triste y bastante esperanzado de que el padre del Rabino vea las faltas de los demás y me conceda un perdón. Le preguntaré en un momento, pero primero, vi el brillo de una moneda medio enterrada en la tierra rocosa detrás de mí y me voy a buscarla. Mi futuro parece brillante. Debo tener cuidado de no resbalar.

[Jeremías 19; Zacarías 11:13; Mateo 27:1-10; Marcos 15:1-39; Lucas 23:1-49; Juan 18:28-19:16; Hechos 1:16-19]